시의 왕국

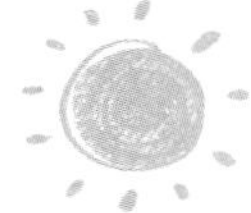

시의 왕국

김문중 시집

초판 인쇄 | 2006년 05월 15일
초판 발행 | 2006년 05월 20일

지은이 | 김문중
펴낸이 | 신현운
펴는곳 | 연인M&B
기 획 | 여인화
디자인 | 이희정
등 록 | 2000년 3월 7일 제2-3037호
주 소 | 143-874 서울특별시 광진구 자양동 680-25호 (2층)
전 화 | (02)455-3987, 3437-5975 팩스 | (02)3437-5975
홈주소 | www.연인mnb.com / www.yeoninmb.co.kr
이메일 | yeonin7@chol.com

값 9,000원

ISBN 89-89154-56-1 03810

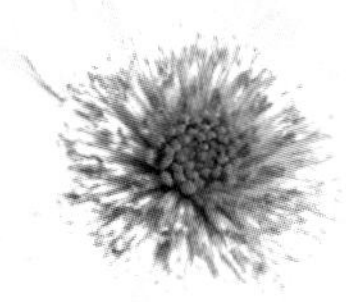

詩의 王國

시의 왕국

김문중 시집

연인 M&B

김문중 시인이 또 한 권의 시집을 묶는다. 한 생애를 시를 열고 그 시의 길을 다했지만 시집 한 권을 얻기 힘든 시대다. 하지만 김문중 시인은 시혼을 불러 동행하는 것만이 아니고 시의 세계 즉 시의 국가를 세워가고 있다.

그는 시인이며, 시낭송가 지도자이며, 시의 국가를 건설하려고 힘을 다하는 시인이다. 좀 크게 말하자면 '피그말리온'이 자기가 창작한 상아의 여체를 '아프로디테'로 탄생시키는 그런 열정과 성의를 가진 시인이다.

김문중 시인은 시의 국가를 마음에다 세우고 있다. 생명이 없는 상아의 조각이 '아프로디테-비너스'로 변신하도록 성의를 다하고 있다. 김문중 시인이 세우려는 시의 왕국은 서울 어느 나뭇잎으로 열려 오리라 생각하고 있다.

나는 비교적 그리 멀지 않은 거리에서 김 시인을 바라보고 있다.

그가 건설하려는 시의 왕국의 본질은 무엇일까?

아름답고, 아름다워야 하고, 절대 아름다움에 있다. 추하고 악한 것은 추방하고 같은 자리에 두지 않는다. 아름다움은 선한 것이요, 추한 것은 악한 것이다. 이 두 가지를 같은 자리에 두지 않는 시인이 김 시인이 아닌가 생각한다.

지금 우리들이 살고 있는 세계, 그 세계 사람들은 정서가 말라가고 있다. 그래 풀이나 나무, 그리고 꽃을 사랑하는 마음보다는 생명이 없는 기계 종류를 더 좋아하는 사람이 더 많아지고 있다.

이것은 크게 슬픈 일이다. 꽃을 사랑하고 풀을, 나무를 그리고 물을 사랑하는 사람의 마음은 하느님을 사랑하는 마음이다.

하늘을 마신다
파란 마음을 마신다
그 천 년의 비파 소리
자연의 신비에 젖는데

시 〈백거이〉의 일부분이다. 신비에 젖는다. 백거이의 비파행에 젖고 있다. 아름다운 세계이다. 모두 꽃잎 같은 작품들이다.

이 시집을 손에 드는 독자들은 그만큼 행복하게 되리라. 그리고 김문중 시인이 부르고 있는 세계에 박수를 보내리라 믿는다. 시인의 노고도 함께. 이만……

2006년 3월
회운재에서
황 준 찬

* 최근 저자

* 중3 때 저자   * 고2 때 저자

* 20대 저자

* 아이들과 가족 나들이

* 장남 · 차남 어린 시절

* 장남 고교 졸업식 때

* 첫시집 『우리 모두 별이 되고 싶은』 출판기념회

* 록키산맥 정상에서

* 덴버에서(이종사촌 오빠와 함께)

* 모산미술관 황금찬 시비 옆에서

* 아차산 해맞이 행사

* 한 · 중 문학교류

* 한 · 일 문학교류(지바)

* 한 · 일 문학교류(동경)

* 한 · 터키 문학교류

＊한·몽골 문학교류

＊한·미 장병 위문공연

* 전국 청소년 및 성인 시낭송대회(6회)

* 전국 청소년 및 성인 시낭송대회(7회)

세 월

작 사 : 김문중
작 곡 : 안용희
편 곡 : 안용희

세월은 나를 보고 열심히 성실하게 살아가라고 하더니
이제는 쉬어가라고 뒤돌아보라고 또 깨달으라고 하네
정신없이 달리다 보니 내 어리석음은 빛이었던가? 아니면 어둠이었던가?
아쉬움만 맴도는 곳에서 꺼내 보고 기대면서 살려 했는데 그저 바람처럼 흘러가 버렸네.
_〈세월〉

시의 왕국

내가 만약 대통령이 된다면
온 국민에게
시를 외우게 하리라

시에는
권력도, 금권도, 도둑도, 간음도, 사기도
없음을 깨닫게 하며

시가 있는 법정
시가 있는 국회를 세울 것이며
모두가 까맣게 타버린 가슴들에게
국가와 국민을 위하여 화합하게 하리라

세월

세월은 나를 보고
열심히 성실하게
살아가라고 하더니

이제는 쉬어가라고
뒤돌아보라고
또 깨달으라고 하네

정신없이 달리다 보니
내 어리석음은 빛이었던가?
아니면 어둠이었던가?

아쉬움만 맴도는 곳에서
꺼내 보고 기대면서 살려 했는데
그저 바람처럼 흘러가 버렸네.

꿈

꿈이란?

꿈을 꾼다는 것은
살아왔던 과거
살아 있는 현재
살아갈 미래에 대한
자신의 영혼을
투명하게 투시해 보는 것.

생명의 꽃

꽃들은 봄의 주인공으로
사랑을 받고 이젠 사라졌습니다

지금은 짙고 푸른 잎들에 가려
나무들의 활동이 보이지 않습니다
그늘을 만들어
쉬는 역할만 있는 것 같습니다

이루지 못한 사랑
후회스러움, 그동안 고통스러웠던
모든 기억들
미소로 떠올리며
작은 창으로 보이는 하늘 바라보며
소망을 구름 위에 올려놓습니다

목마른 사슴들이 시냇물 찾듯
순결한 영혼들이 교감할 수 있는
생명의 꽃을 피우는
찬미의 시를 쓰고 싶습니다.

봄 처녀

푸른 언덕
산 고을 향기에
봄 처녀 미소 짓고

새싹들의 신비
꽃향기 봄바람 웃음에
흰 나비 꽃 춤추는데

우거진 숲 사이 흐르는
시냇물의 애잔한 눈망울

옛 모습 그리며
쑥내 맡으며 냉이, 달래 캐던
봄바람 한 줌 담아
추억의 그곳에 갔네.

봄의 향연

봄 숲에 가려거든
눈을 꼭 감아야 합니다

새들의 날개짓
맑고 청정한 물 소리에
나뭇잎들은 기지개 펴며
두 팔 벌려 찾아온 봄 손님
가슴 가득 안아 봅니다

별이 잠긴 그대로 얼었다가
마음에 묵은 때를 벗고
세상 모든 얼룩 지워 버리렵니다

내 삶의 빛이 무엇인지는
봄볕 그 따스함 하나로
바람 부는 날의 풀꽃처럼
하늘 한 자락 접붙여 그대에게
봄의 향연을 들려 드립니다.

봄을 재촉하는 단비가 내립니다

꽃잎에 내리는 빗물처럼
마음 읽어주는 사람과
빗속을 거닐고 싶습니다

말을 하지 않아도
그 느낌만으로 알 수 있는
내 인연과 함께하고 싶습니다

눈가에 세월의 잔주름 하나 둘
늘어가는 현실 앞에서

우리의 현재 삶이 늦은 것인지
혹은 이른 것인지는 알 수 없지만
가끔씩 마음이 따뜻한 사람이
그리워집니다

조용히 흐르는 저 강물처럼
바라만 보아도 편안하게 느껴지는
그리운 이름 마음 속으로 불러 봅니다

하얀 얼굴 하늘 가득 보고 있는
사랑하는 사람 마음에 담아
행복을 찾고 싶습니다.

사랑

사랑은 그리움
사랑의 의미는 무엇인가?
사랑은 답이 없다.

새벽 다리

사랑밭 새벽 다리
행복을 주는 다리
어느 저녁 따스한 버스를 기다리며
잠시 머물다 가시구려

세월 속에 핀 꽃은
맑디맑은 물 휘돌아 흐르며
청계천 역사와 꿈을 보네

그 다리 건널 때
인생길 사는 법을 배우고
걸음걸음마다 마음이 깨끗해지는데

채워짐이 부족한 마음들
아!
이 다리가 행복 다리였습니다.

신의 섭리

고요한 은색 숲
물잔디 어루만지며
새벽 안개 자욱이 내린
켄터키 모헤드 아침은
아득하고 정겨운 곳이며
평온하다

물안개 젖은 목장들은
청량한 산바람으로 채우고
천사로부터 숨어든 운명의 신들처럼
눈부신 아침은 황홀하다

산마루에 타오르는 저 태양
외로운 산야에 광선이 되어
온 세상을 물들이며 꿈을 꾼다

크고 붉다 못해
영원히 뿌리 내린
'햇덩어리'는 뜨겁게 타오르고
난 그 속으로 들어가고 있다

창대한 빛에 찔리어
불 속에 빠진 난
너무 뜨거워
아무리 피해도 놔주질 않는다

그 누구도 체험하지 못한
태양을 40분을 안고
陽光(양광) 마음 감추지 못해
눈물을 흘리고 말았다

강렬한 태양
저 광채는
오묘한 신의 섭리며
하늘이 내게 주신
힘이고 영광이며
사랑의 빛이다.

기도

저를 공동체로 불러주신 하느님
새로운 하루를 허락하여 주심에
감사 드립니다

그리고 공동체와 그 안에서
함께하는 형제들을 위하여
기도 드립니다

당신의 이름으로 모인 이들이
꼭 필요한 곳에 솔선해서 나가는
당신의 일꾼이 되게 하소서
봉사하는 가운데 받게 될 어려움에 대해서도
기도 드립니다

고통과 인내와 시련을 이겨내는
끈기와 지혜를 주시고
희망으로 이끌어 주소서
마음 속에 자리했던 슬픔, 기쁨, 근심, 불안
그리고 정체를 알 수 없는 어둠의 순간들도
당신께 봉헌합니다

미천한 저에게 봉사의 문을 열어주신……

주님!
이 문을 통해
가슴에 별을 지닌 따뜻함으로
어려움에 절망하지 않고
그늘진 곳에 골고루 빛을 보내는
또 누구에게나 차별없이
인정을 베푸는 말보다는 행동이
뜨거운 진실로 앞서며
작은 것에도 의미를 찾아
환하고 둥근 마음 밝고 맑게
기쁨의 공동체의 봉사자가 되게 해 주소서
아멘!

* 여성부회장 임명장을 받고.

몽골의 광야

밤하늘
가득 채운 별과 별 사이
사라지는 별똥별
은하수 맑은 달님이
밝은 미소로 마음의 여명을 연다

덕이 있는 사람의 향기는
꿈을 그리고, 구름을 타며,
바람을 타고, 이슬이 되어 내리며
아름다운 새가 되어
하늘을 날아 몽골에 도착했다

정영섭 구청장님과
인연의 끈으로 하나의 씨앗이 되어
나눔을 가득 채운 변하지 않는
광진의 아름다운 사람들

그들은
행복에 익숙했으며
언제나 웃음이 가득했고
서로에게 신뢰와 편안함을 주며
각자의 독특한 빛을 지녔으며
마음 속에 꿈과 비전을 간직하고

꿈을 향해 달리는
향기가 물씬 묻어나는
마음이 통하는 생각이
아름다운 사람들이었다

그곳에 머무는 동안
나눔이 있어 즐거웠고
영원히 가슴에 남겨둘
잊지 못할 아름다운
건배, 축배의 추억의 밤을
간직하고 돌아간다

몽골의 광야
낙조와 어울리는 달을 놓고
기내에 홀로 앉아 도시의 야경을 보며
하늘에 편지를 띄운다.

자연의 섭리
― 백령도에서

하늘이
맑은 걸 고마운 줄 몰랐네

가슴 속 타는 여행객들
구원도 허사여서 한참을 헤매다가
다시 돌아와 그 여관에 어둠을 묻고
허공에 모두들 젖어 있네

파도 소리에 바람은 스러지고
천지엔 안개 애타게 끓는 심장들
노을에 속 태움도
어둠은 하늘 밑
구름 밖의 산이어라

배가 뜨는 건 그리움뿐이라네
끈끈한 뻘밭에
한낮의 물놀이 장단은
무너지는 말무리네

자연의 섭리를 어떻게 피할 수 있을까?

새우잠으로
애타는 마음밭 거두어들여
꿈이라도 삼을까?

그리움

그믐달 찬이슬
하늘가 서성이고
가녀린 눈빛 가지에 걸려 있다

그리움의 응집
검게 물든 먼 바다
출렁이는 파도에 건지지 못한
추억을 찾아

가슴 풀어
되돌아오는 꿈과 환희
안길 듯 달려오지만
멀리 있어 아름다운 그대는
푸른 별이 되고

더 이상 가까이 할 수 없는
사랑은
목마른 언덕에 들꽃 되어
하늘을 마신다.

아픈 사랑

비가 내리는 이 밤
눈가에 흐르는 한 줄기 이유 없는 슬픔은
그대가 내 가슴에 사랑을 풀어놓았던
지난날의 아픈 사랑 때문이다

누구에게나 그들 나름대로
가슴에 추억들이 남아 있을 땐
고통과 아픔이 존재하는 이유가 있겠지……

그래도 가끔은
아름다운 추억이 되어
쓸쓸한 미소 지을 때도 있었는데

눈물 젖은 침묵 같은 하얀 달
내 가슴에
고여 있음을 알았네

고개를 들어 하늘을 보자
그리고 이제는 가슴에 묻어두고
새로운 사람에게
남은 사랑을 주어야 한다.

사랑의 밀화

고요한 은색 숲
물잔디를 어루만지며
자연의 소리
나무들의 대화
별들의 흐르는 소리
사랑의 밀화를 들어 보자

운명의 신들
천사로부터 숨어들은
난고를 끝내지 못한 시어들은
세월을 달고 가는 교향곡

아무도 몰래 가슴에
눈빛만 남기고 하늘 향해
사랑의 말을 전하네.

사랑의 등불

사랑의 등불 켜고
꿈으로 깊어지는 영혼의 화음

흐르는 시냇물처럼
마음은 언제나
은하수를 닮아 환상의 끝에서
하늘을 가른다

봄 햇살 꿈꾸는 합창 소리는
새벽 이슬에 맺히는
향기 가득한 그리움

별의 따스함 들을 수 있는
그대 가슴 속에 천 년을 안고
해 뜨는 소망 기원하면서
사랑의 불 밝히리라.

사랑아

아!
사랑아
고운 음악 물 위에 떠
그리움 지쳐 붉게 물든 이 마음
저 환상의 날개 위로
생명은 찬연히 떠오르고
그대의 숨겨진 미소
아침 햇살처럼 빛난다

아!
사랑아
청초한 사랑의 언어
바람과 은밀한 약속을 나누며
마음에 하늘을 담고
해 뜨는 소망을 품으면서
언제나 사랑 넘치는
행복한 동행이고 싶다.

사랑과 봉사

아름다운 시 한 편이
아픔과 불안에 떨고 있는 사람들에게
촉촉한 마음 영원과 행복이 되고
축복을 주는 시간이었으면 합니다

우리는 이웃과 충분히 나눌 것이 많은
부자임을 잊고 있었으며
또한 우리들의 나태함과 무관심은
사랑과 봉사의 기회를 잃어 버려
그동안 많은 형제들은 사랑의 결핍으로
집을 잃었답니다

'초록빛 생명'
사랑의 손길을 기다리는
형제들에게 힘차게 일어설 수 있도록
다함께 노력하는 행사가 되어
이들에게 따뜻한 행복으로 채워줄 것입니다

그러면 사랑은 다시
평화, 행복, 희망이 되어
여러분의 가정에 다시 돌아갈 것입니다.

* 불우이웃돕기 행사.

고운 사람들아

고운 사람들아
우리 마음에 등대 하나 세우면
구름의 흐름도 알 것만 같지

언제나 흐르는 강물처럼
삶에 아름다운 인연으로
사랑과 정이 넘치도록
마음 나눌 수 있는
우리들의 이야기

꿈을 향하여
희망의 노래가 흐르고
함께할 수 있는
휴식처에 영원히 남아

세월이 흘러도
가슴에 등불 켜고
해 뜨는 소망을 품으면서
사랑의 불 밝히자.

소망의 구름

맑은 하늘
푸른 숲 거닐면
다정하게 속삭이는 나무
산새들의 노랫소리는

이루지 못한 사랑 후회스러움
그동안 고통스러웠던
모든 기억들 미소로 떠올리며
작은 창으로 보이는
파란 하늘을 바라보며
소망을 구름 위에 올려놓는
추억에 젖는 아름다운 꽃.

고향 친구

그리운 벗들아
라일락 꽃향기들아
윤기나고 까맣던 머리엔
하얀 서리들 쌓이고 햇살 영글어
희망 세우고 꽃다운 황홀 한켠엔
희노애락 화사한 그대들의 웃음
반갑다 친구들아……

꽃피고 순간 놓치지 않고
달빛 가슴에 안아 세월 셈하며
작은 마을 지나 개울물 건널 때
산골 깊은 곳
초가집 굴뚝엔 흰 연기 피어나고
안개 자욱했던 들녘

감꽃 구슬 꿰어 목에 걸고
쇠달구지 실려 집 모퉁이 길섶에 핀
민들레, 개나리, 솔바람 소리며
가을 햇살 가득 머금고
풍성하게 익은 벼, 탐스런 감
뒷밭 옥수수 잎 사이 어른어른 핀
호박꽃만 보아도 가슴 뛰고 행복했지

옥녀봉, 부석사
은하수 별을 헤면서
밤새워 울던 풀벌레 소리
전설의 바위 기억들, 청정한 하늘빛
아름다운 영상 영화였지
벗들아!
우리들의 유년을 꼼짝 못하게 붙들어 맬까?

모교 고향 산천
꿈길은 한 폭의 수채화였지
추억의 바람꽃 후박나무(후박꽃교 아래 뭉친 선수들 씩씩하고 용
감하게 싸워 이겨라……)교 아래(응원가)
나란히 앉았던 자리는 알 수 없는
후배들이 차지했지만
우리들의 학창, 머문 시간은
세월 속에 핀 꽃은
맑디맑은 물 휘돌아 흐르며
세월 달고 가는 영원한 교향곡이지

멀리 고향 떠나와
세월 속에 아련한 발자국
스치고 넘기며 아슬히 잊어

어느 삶의 강가에서 끊임없이
무산되는 소리를 들으며
한 생을 채워들 가고 있는 꽃들아

삶의 가치는 무엇인지
수줍은 봄바람에도
지금 유혜할 수 없는 지워지지 않는
추억의 그늘도 함께
우리들 모두가 향기롭구나.

침묵

불현듯 몇 줄의 글을 담아
바람 편에 보내고 싶어진다

아득히 사라져 가는 마음 한 조각
어느 누구에게 전해질 거라는
기적을 믿고 싶어진다

침묵이 나를 고독하고
슬프게 했듯이 많은 말도
나를 외롭게 하는 것도 절감한다

상처 난 가슴에
황홀한 화살을 겨냥할
신의 선물이 필요합니다

아득히 멀어졌던 내 마음 밖에
아름다운 슬픔과 꿈이
눈물이 쏟아질 것 같이
파도처럼 밀려온다

건조한 나의 가슴
촉촉이 적셔줄 당신
무지개를 찾아 나섭니다.

해변문학제

LA 강 언덕
고향에 언어는 사투리도
못 버린다며 애잔한 사연
쓰고 싶은 얘기가 가슴 속에 있어도
언뜻 글로 표현할 수가 없단다

고향은 낚싯줄에 걸어
하늘에 매달아놓았지만
억척들을 떨어야만 살 수 있기에
올려다볼 수도 없다

소망과 사명감을 지닌
그들의 가슴엔
조국이란 뜨거운 용암이
끓고 있기 때문에 일 년에 한 번
파도가 치고 문학과 고향이 살아 있는
해변문학제의 도도한 물줄기를 타고
이민사회의 사랑을 이야기한다

인생은 편하게 살기에 너무 짧다
망망한 한 폭의 바다를 열어놓고

수만 년 파도에 씻겨온 바위처럼
더 이상 씻길 것이 없다는 설움

옥스나드 해변가는
쌘타모니카 이민자들이
외로울 때 나가 흘리는 눈물의 해변
붉게 물든 노을
보이지 않는 고향.

태양의 양반 댁

그대에게
한껏 아름답게 피워올린
자목련 빛 사랑을 드리고 싶습니다

감추어둔 향기를
아낌없이 쏟아내는
오월의 꽃나무처럼

나는
어디서나 우주의 환희로 이은
아름다운 당신을 봅니다

아낌없이 모든 것 내어주고도
한끝의 후회가 없는
너그럽고 순수한 마음을 가진 당신

햇빛과 공기와 바람
물과 불과 흙
가족과 친지
주변의 사물과 사람들을
정성껏 가꾸어
사랑의 향기를 전하는
아름다운 사람아

나의 정성과, 나의 노력
나의 시간과, 나의 마음을
더 많이 바칠수록
고객에게 더욱 빛나는
선물이 됨을 항시 기억하는 그대

오늘은
이웃을 불러모아
새로운 음식으로 일제히 춤추는
양반 댁 무도회……

그대는
이웃과 충분히 나눌 것이 많은 부자임을
매일 속에 실현되게 하고
우리 모두 체험하고 맛들이게 하여
더욱 새로운 눈으로
만남의 소중함과 삶의 지혜
사랑의 시력을 깨우치는
쉼터!
태양의 양반 댁.

길

오늘은
바람이 불고
또한 나의 마음이
흔들리는 까닭은 무엇일까

눈빛과 가슴으로
수많은 이야기를 나누며
미래의 부푼 꿈 싣고
이 오솔길을 돌아오곤 했는데

아무도 모른다
그 길이 어디를 향하고 있는지를
하지만 그 길은 피할 수 없는 나의 것이다.

수술

회색의 망막이 안개 속을 지나며
내 몸 속, 그물처럼 흩어져 있는 혈관 끝 부분
가느다란 핏줄 끝에서부터 아픔이 시작된다

잠시 밤의
고요 속을 지난 다음
수술은 시작되고 두려움이 엄습해 온다

누가 나의 이 아픔을 아는가
누구나 태어나 병원 신세 안 진 사람은 없겠지만
난 뭐야, 연중 행사모양 대 수술 5번……

끝없는 흔들림에 젖어
가슴 속 남아 있던 향수
병들어 보지 못한 사람은
자신에 대한 뜨거운 사랑은 못 느낀다

삶에 대한 집착과 갈등
내 존재의 깊은 중심부에서 살아나는
나에 대한 새로운 사랑을 인식하련다.

고독
―병실에서

불연 어둠이 곳곳에 밀려와
고독은 병실 전체를 떨게 한다

고독이 큰 위안이 될 때도 있지만
그 높이를 헤아리지는 못한다

나 스스로 무엇을 익혀 가는지 자문해 본다
역시 혼자라는 사실 뿐
눈물나게 사람을
그리워해 본 적이 있는가
고독한 사람아
인간의 따스함이 환자들에게 왜 필요한 것일까
세상에 태어나서 처음으로 접하는 고독이다

나의 의식 속에 초조함이 넘실거리고
끊임없이 엄습해 오는 공허함이 나를 울린다

우울한 병실
고독이 못 박힌 듯 화석이 돼 버린
환자들 곁으로 엷은
봄의 향기가 언제 오려나

아—
가슴 저리던 내 고독의 흔적 위로
봄은 오고 있나 봅니다.

새해엔

온 세상
새해의 기쁨

희망을 실은 서설
순백의 옷으로 갈아입은
눈부신 꽃

한해의 끝과 시작을 알리는 순간

새해엔
행복하게 미소짓는 날들로만
예쁘고 멋지게
삶을 그려 나가는 한해였으면 한다

살아 있음에 감사하며 최선을 다하고
추위에도 시린 손을 잡고 따스하게
미소 지으며 정감 있는 우리

이루고 싶은 소망을 진실되고 성실하게
지칠 땐 편안한 마음의 쉼터
아름다운 시와의 만남으로……

거친 세상을 피하지 말고
잠궈둔 마음의 빗장을 열고 입보다는
귀와 마음이 열리는 시인이고 싶다.

고운 당신

어머니!
어머니!
봄의 창가에서
사랑과 미소
향기와 그 음성

고운 당신의 찬란한
햇살을 안았습니다.

추석

어머니!
당신의 사랑이 가득한
친정으로 가려다가
올 추석엔 시집에 머무르렵니다

"이젠 내 나이 90인데 며칠 안 남았어."

아들 손자 며느리
덕담을 하며 정을 담아
미소 지으시며 송편을 빚는 모습

갓 시집온 첫해 추석엔
서투른 살림에
시어머님이 그렇게도 무섭더니만

당신의 구부러진 허리
긴 한숨과 깊게 파인 주름살
저의 가슴을 저리게 하고 있답니다

어머님!
어머니 건강하셔야 합니다.

제주CC

골프는 자연 속에서 시작되었고
자연 속에서 즐기는 운동이라는데
웬지 우울하다

우린 석준네 부부와 한 조가 되어 출발한다
숲 속을 거닐다
외로워 보이는 까마귀를 만났다

까마귀야, 까마귀야 이리와 바
왜 너는 혼자니
답이 없다
가슴이 답답하고 우울하니 아니면
나같이 남편이 심통을 부리니
속이 많이 상하나 보구나

뭐니 뭐니 해도 속 좋은 게 최고라는데
과일도, 무도, 배추도, 생선도
속이 상하면 제일 골치래요
가치가 없다는데

하지만 은밀한 사랑으로
너를 지켜주는 건 남편일 거야

물안개 젖은 가슴
청량한 산바람으로 채우고
파란 하늘 향해
가장 아름다운 사랑으로
나를 다시 찾고 싶다.

산사의 밤

저녁 어스름
일찍 찾아온 산사의 밤은 깊어만 가고
별들의 무언 속에
욕심과 갈등을 잠재운다

조촐히 보여도 부족함 없는 선배님들
모닥불 앞에 마음 따뜻해진 우리
잠시 스쳐가는 인연
소중히 맑고 순수하게
언제나 흐르는 강물처럼
푸른 마음 아픈 삶을 함께하자
행복한 동행이 되자는 약속을 하며
시낭송과 노래로 밤이슬에 취해
생명을 보호하는 자연 사랑의 밤을 지새운다

'시간의 아침은 오늘을 밝히지만
마음의 아침은 내일을 밝힌다' 며

서로의 사랑을 가슴에 안고
그리움으로 살아가자며
눈으로 속삭이는 숲 속의 바람이
행복을 전해 준다

아!
세상이 이렇게 아름다운가?
그래서 산은
인생의 석양을
한결 우아하게 만드나 보다.

외로운 산야

기차를 타고
메마른 산야를 가로질러
정주에서 서안으로 다시 돌아간다

차창에 홀로 떠도는 달
철로가 서 있는 나무들이 외롭고
넓은 들판 산길 오가는 흔적 없어
봄을 소망하는 기다림이 외롭다

끝없이 달리는 평행선
녹슨 철로를 보수하는 철도원의 움직임도
꿈의 지향점을 향해
열차에 몸을 싣고 떠나는 사람도 외롭고

작은 산허리
그 길을 달리는 열차도 외롭다.

세상사

고독한 산을 위하여
하늘은 산에게 희망을 주고
산은 겸손히 하늘을 우러러 산다

늦은 밤 맑은 영혼 꿈꾸는 별은
얼룩진 삶의 잔재들을 흐르는 땀방울로
헹구어내며 산을 오르라 한다

어둠의 흔적으로 뒤척이는 밤
은하수에 수많은 사연 별빛으로 흐르고
잔잔한 햇살에 물결이 부서지듯
작은 일에도 고개 끄덕이며
웃는 당신일 순 없을까?

아직도 풀지 못한 속마음이 남았는가?

세상을 힘껏 호흡하고
달콤 씁쓰레한 인생사 한 편
서로에게 들려주고
이지러진 세상사 흐름에
진실한 모습 찾고 싶다.

추억의 날

저 솔숲
솔 빛에 햇빛 담기어
하늘을 물들이고 있네
언제나 이 길에 들어서면
가슴 설레이고
사랑을 고백하고 싶어진다

어릴 적
꿈을 길어오르던 나무들
햇빛은 언제나
풍금 소리를 내며 하늘에 있었고
밤이면 그 가지에
달빛이 불을 켜놓고
바람에 몸 부비며
노래를 했지

솔잎 끝에서 자라고 있는 빛
낙엽 위에 올려놓고
우리들은 산의 품에 안기어
낙엽의 향기에 화음을 넣고

"바람은 불어불어 청산을 가고—"

〈향수〉, 〈물새〉, 〈가을에 기도〉, 〈그리운 마음〉을 불러보며
추억 한 자락 사진 속에 넣어 본다

낙엽을 밟을 수 있는 짧은 계절
아—
얼마나 행복한가.

천년의 숲
—지리산

숲에 들어 마음을 여니
신록은 내 안으로 살며시 들어온다

해 뜰 무렵과 아침
한낮과 해질녘
맑은 날과 비 오는 날의 빛이 다르다

전나무, 물푸레나무, 느릅나무엔
초록이 한창 스며들고
일렁이는 신갈나무 숲 사이로
은빛 자작나무가 반짝인다

산의 색은 초록바다
아름드리 고목들의 향기에 고개를 드니
나무는 가지를 들어 하늘을 보여준다

나는 꽃구름에 떠 있다

잠시 그루터기에 앉아 귀를 열어 본다
나무는 제 품안에 앉아 있던
새며 잎사귀에 바람이 전해 주는 소리를 들려준다

흙이 숨쉬고 나무가 어깨를 펴고
이름조차 생소하거나 다른 곳에서 이미 사라진
귀한 식물들이 흩어져 있고 숲이 웃는다

계곡의 흐르는 물에는 송사리들이 노닐고
인기척에 놀란 꿩들이 풀숲을 헤치며 달아난다

아―
숲에 자리 잡고 나무 그늘 아래
한잠 자고 싶다.

록키의 향수

타국에서 만난
핏줄의 정이란 이렇게
애잔할 수가 없다

오빠와 언니는
우리를 반갑게 맞이해 주며
제일 가까운 친척이 문중이라며
조카들한테 소개한다
30년 만의 해후 다소 어색했던
남편의 얼굴엔 미소가 가득하다

난 5살 때 외가에서 1년을 살았지
그 시절 밀려오는 정겨움과
유년의 기억은 주마등같이 떠오르며
'하늘로 소풍' 떠난 어머니, 이모, 외할머니를 불러
옛날 추억을 회상하며 밤을 지새운다

동생이 시인이라니 가문에 영광이라며
록키산맥으로 소풍을 간다
해발 4,000m 정상에 오르니
코발트 빛 하늘엔
하늘만이 있는 것이 아니었다

내 인생의 해는 중천을 지나
서쪽으로 더 기울고 있지만
그리움이 비처럼 내리어
그리움에 젖어
대서양과 남태평양으로
아름답게 흐르는 물은
은밀한 내 꿈과 만난다

오빠는
그 옛날 사라져 버린
고향을 가슴 속 깊이
향수를 마신다.

허무만이 남는 밤

서안에서 정주까지
열차에 몸을 실은 우리들은
알아들을 수 없는 역무원과 안내방송에
멍하니 밤하늘만 바라볼 뿐이다

창 밖엔 비바람이 왜 저리도 부는지
다들 공포에 떨고 있다
그래도 우리 일행들은
2층, 3층 칸에 올라가지 않으니 다행이다

어두움이 흔적으로 뒤척이는 밤
눈을 감고 깊은 생각에 빠져 버리자

맑은 영혼 꿈꾸는 별을 동무 삼아
기차는 산을 오른다

고운 눈을 가진 별아
고대생들의 슬픈 별아
그 아름답던 빛은 어디에 두고
무슨 꿈을 그리 깊이 꾸누나

은하수에 수많은 사연이 별빛에 흐르고
까~아만 밤하늘에 빛을 발하는
저들은 누구인가, 흠모하는 자 찾는
저 눈빛은 누구를 향한 사랑일까.

* 5월 27일 서안 문학기행 때.

굴원(屈原)

하늘을 숭앙(崇仰)하던 영혼
자귀에 있는 굴원사

묵묵히 서 있는 굴원의 동상은
슬픈 역사를 증언한다

모두가 떠나가고 허전한 빈터 위에
까맣게 타버린 가슴으로
남은 자의 슬픔을 노래하는 자귀의 충신

긴 세월 당신의 영혼은
새 숨 돋게 하는 대를 물려
역사의 진실을 전하는구려

생명 없는 혼적
그 무슨 상념에 젖어 있고
삶의 고귀함을 붙박이로 남겨두고
어디로 가셨는지

당신의 드높은 정기, 해 맑은 미소
넓은 가슴 푸른 심장에

생명수를 풀어 내리는
영혼의 메아리를 품어 살게 할 수 있다면

산은 구름 위에 있고
흔들리는 잎새에서 당신의 음성 들으며
만남이 아름다웠던 우리들
눈에 보이는 사랑의 허구 가슴을 사르고
달려드는 생명 아름다운 풍광
눈앞에 아～른 아른……

당신의 하늘은 푸르고도 높더이다.

진시왕

황홀한 세상
풍요와 행복이 가득한 곳에서도
그 푸른 숲 속에도
상처받은 영혼이 있더이다

벌레 먹고 부서져 버린
나뭇잎이 땅 위에
뒹굴어 슬픔이 흐르더라

당신이 짓밟고 지나간 자리
아픈 삶을 할퀴고 있구려

너무 무거워
슬픈 결정(結晶)도
드높은 정기 짙푸른 숲 속에
남모르게 떨어져 눈물 흘리는
영혼들에게 따스하게 보듬어
눌린 어깨 다독여 주고 싶어라.

백거이

하늘을 마신다
파란 마음을 마신다
계곡 따라 내려오는 백거이 바람
그 천 년의 비파 소리
자연의 신비에 젖는데

옛적의 산사
열정이 걸러진 사랑
가슴을 사르고
아득히 먼 옛날

세월의
향기가 찻잔에 일렁인다.

백령도

햇빛 흔들어
어제는 파도를 만들고

오늘은 뭍에나 하늘에
흔적 하나 없는데
백령도 파도와 갈매기만 솟구친다

지금은 효녀 심청 인당수 묶이어
하늘빛 역 겹으로 물빛에 숨 가삐 몰아
흰 구름 말없이 안개로 와서
갈 길을 막고 있네

이 저녁
바람벽은 피해 가고
그저 고개만 저어내다

내일은 제발
잠잠히 햇살만 남기시구려.

청하 별

별을 통해 다가오는
그리움의 깊이를
노래하고 싶었다

시인의 존재 의미를 깨닫지 못하고
아름다운 삶을 살 수 없음을
깨달을 수 있었으며

본향을 찾아가는 마음의 그 길
사랑과 그리움, 기쁨과 슬픔
절망과 희망, 망설임과 후회로 만들어진
수많은 징검다리를 건너

시작하여 얻어내는 삶의 감동과
작은 것을 소중히 여기고
고통의 현장에서 별을 바라보며
메마른 가지에서 피운 꽃의 인내

우리 삶이 얼마나 아름답고
가치 있고 소중하며
문사(文士)로서의 길에
예의를 가르치신 훈훈한 별.

첫 눈

그리움처럼
쌓이는 눈

첫 눈 오는 날이면
제일 먼저 생각나는 사람이
사랑하는 사람일까?

빈 나뭇가지에 가만히 앉히고
아름다운 추억을 새기며
무슨 말인가 정말 하고 싶은데
자꾸 불어나는 눈 때문에
그 말이 막혔나……

순백의 은혜

나눌 마음
무거운 마음 둘 곳 없다고
잠든 사이
소리 없이 온 대지를 덮는
아름다운 그대여

외로워 울고 싶고
잊지 못할 추억을
간직하고 싶은
조용한 밤

작은 가슴에
절절히 그리던 사랑
순백의 은혜
영혼 이야기.

눈 1

해가 저물도록
저 숲 속 눈길을 걸어 보련다

새가 되어 날아도 보고 싶고
어디론가 달려도 가고 싶다

그 속에 간직한
첫 사랑의 향기가
나를 부르고 있기에……

눈 2

사랑의 소리
신의 축복.

후백의 빛

자연과 예술의
다양한 광채를 지닌
후백의 빛은

금빛 날개를 가다듬고
마음 깊은 곳
물처럼 고여 있던
아름다운 언어에
향기를 담아

삶과 인생의 고뇌로부터
해탈의 예지를 얻은
성찰의 에너지를
백양 별들에게 광채를 넣어주신다

푸른 하늘 바라볼 때
그 눈부신 감동의 표현
비 온 뒤 빛 속의
나무들이 들려주는 사랑 이야기와
그 깨끗한 목소리
맑고 순수하고
고결한 정신의 스승님

병술년
당신의 향기 밟으며
부끄럼 없는 제자 되렵니다.

시낭송의 상록수

경포대 푸른 물결이
묵은 때 씻은 듯 파랗고
거센 파도는
붉은 심장 토해낸 것이
못내 아쉬운 듯 몸을 부딪치며
하얀 포말을 뿜어낸다

못 다한 마음 짐
하나 둘 풀어놓고
바다를 향해 두 손 모은
시낭송의 상록수들!
생각이 아름다운 사람들은
간절한 기도를 한다

을유년의 시련과, 고독과, 사랑, 고통은
기쁨의 한 부분이다

이루지 못한 꿈은
희망의 병술년에
차질 없이 완성하여
새로운 계획을 하고
희망을 열어 꿈을 그리는
맑은 하늘 별들은 천상의 노래로

고귀한 열쇠를 가슴에 달았다

좋은 사람
마음이 통하는 사람
우리들의 밝은 미소는
사랑의 향기가 물씬 묻어 있는
잊지 못할 아름다운 추억이 있는 밤에
낭송의 세계를 열어
열정의 감성을 토론하며

우리가 만난 시
내가 만든 음율의 소리로
시인이 찾지 못했던 낭송과 리듬을
시낭송가들이 찾아
항상 연구하는 지도자가 되어
시낭송 창작을 하자 다짐하며

먼저 나를 다스리고
나를 경영하며
영원히 가슴에 남겨둘
건배, 축배의 추억을
간직하고 돌아왔다.

정신의 웰빙

'정신의 웰빙'
'그들은 누구인가?

별의 고요와 맑음이 깃든 눈
아름다움과 진실한 마음
빛과 어둠의 사이가 환희로
젖어들게 하는 시낭송가들
정신의 웰빙가로 호칭하고 싶다

그들은
수십 편의 시를 외우고 낭송하면서
우리의 인품과 인격의 향기를 높이고 있다

내 삶의 질을 높이고
내 삶의 주인이 되며
결국 나의 자아를 찾아
나를 올바로 사랑하고
이웃을 사랑하기 위해
무지개의 길을 찾아 글을 쓰고 있다

'문학의 말은 무용과 같다'

영원으로 움직이는 언어의 사원
인간 정신세계에 대한
끊임없이 성찰하며
구름의 시 비단을 짜는 사람들이다.

태풍

바다, 파도는
몸부림하며
허옇게 속을 내놓고 뒤집히며

하늘은
울리는 뇌성과
태풍 타고 달려와
세상을 삼켜 버렸다.

영혼의 빛

가을 빛처럼
눈부신 나만의 세계를 안고
잊었던 꿈과 삶을, 뿌리를 찾아
감성의 나무를 가슴 속에 심어
새로움에 공감해 보고 싶다

영혼의 빛
심상의 공명이 널리 퍼져
우리의 소중한 삶이……

인정의 하늘과 사랑의 강물로
우주에 피어 나비가 날고 있는
저 구름의 장미밭으로 날아올라
하늘의 눈으로 사랑을 말하겠지.

가을이 깊어가는……

'시는 영혼의 빛입니다'

시를 통해 느끼는
심상의 공명이 널리 퍼져
우리의 삶이
인정의 하늘과 사랑의 강물로
우주에 피어 나비가 날고 있는
저 구름의 장미밭으로 날아올라
하늘의 눈으로 사랑을 말하리라……

문학을 사랑하는 가슴의 주인공은
이 가을 빛처럼 눈부신
자기 세계를 안고 사는
사람들이라 하고 싶습니다

'위대한 시인과 좋은 시가 있는 우주는
병들지 않으며 그 국가나 사회는 빛을 잃지 않는다'

가을이 깊어가는 이 계절
제3회 시와 음악이 춤추는 밤 행사가
풍성한 지혜의 샘으로 변화되고
잊었던 꿈과 삶의 뿌리가

어디에 있는가를 함께 찾아
감성의 나무를 가슴 속에 심는
새로움에 공감하는 시간이 되었으면……

월드컵

월드컵!
국력의 바람
한반도가 진동한다

조그마한 공 하나로
전 세계가 하나 되는 순간
레이딘!
꼬리아를 전 세계에 메아리친다

오! 필승 코리아
대한민국! 대한민국!
응원하는 붉은 악마들……

같은 눈높이로
귀와 눈을 즐겁게 경기를
잘 조절하는 선수들
온 국민들의 사기와 힘, 열기로 몰아가는 순간

슛! 꼴인 심장이 잠시 멈춘다

요술의 공은
청년에게는 희망을 주었고

중년에게는 추억을 주었으며
국민은 단결됨을 보여주었으며
지구 전 세계인들에겐 대한민국을
다시 한 번 알리는 순간이었다.

열띤 토론
—취임 후 검사와 개혁

헌정 사상 처음으로 이루어진
이것은 진보다
진정한 개혁을 위한 밑바탕 토론이었다

격의 없이 때로는 공격적이며
충격적인 대화가 오갔지만……

대통령 의지, 검사들의 의지는
서로 고치려는 사람, 지키려는 사람이 되겠다는
염원은 같지 않으나
이것이 열린 사회이며, 열린 마음이 아니겠는가?

국민 앞에 검사를 장악할 의도가 없으며
영원한 국민의 검사를 존중한다고 한다

개혁의 건강한 꿈을 지닌
별들에게 우리 국민은 기대가 크다
중립과, 독립의 구상에 필요한 제도적 개혁에
온 힘을 다하여
역사적인 계기가 되길 우린 바란다

이 지구상의 최초의 온라인(인터넷) 대통령
그대는 진실이 한 시대를 바로잡을 수 있고
세계를 압도하는 힘으로
새로운 세계에 눈 뜨게 하는
고마운 국민의 가해자가 되어주십시오.

시의 왕국

내가 만약 대통령이 된다면
온 국민에게
시를 외우게 하리라

시에는
권력도, 금권도, 도둑도, 간음도, 사기도
없음을 깨닫게 하며

시가 있는 법정
시가 있는 국회를 세울 것이며
모두가 까맣게 타버린 가슴들에게
국가와 국민을 위하여 화합하게 하리라

시를 많이 외우는 죄인의 죄는 약하게 벌을 주고
한 편도 못 외우는 죄인에겐 증벌을 내리게 하며

사랑과 어머니에 대한 시를 많이 외우는 자를 대법원장에
자연과, 나무, 환경에 대한 시는 환경장관에
애국시를 많이 외우는 자는 통일장관에 각각 임명하느니……

통일이 이루어지는 이때
남과 북의 형제들에게

총과 칼 대신 시를 잘 낭송하는
새로운 무기를 주노니 이를
시의 왕국 특별법으로 정하여
시인을 국무총리로 임명하도록 하리라……

슬픔에 잠긴 달구벌

흰 손 흔들며
그대 곁으로 가고 싶다

죽음을 자연스럽게 받아드릴 수 있는
삶의 준비는 무엇일까?
살아서 울리는 진실의 소리를 외치고 싶다

어머니!
애들 잘 부탁해요.
아버지!
여기는 위험한 곳이야
미안하다 엄마 노릇 못하고 떠나서……

그 한 마디 가슴에 묻고
다시는 돌아올 수 없는
길로 떠난 꽃들……

우리 아이 너무 불쌍해
대학 졸업 축하하러 왔던 어머니는
혈을 토하며 오직 꿈이길 바란다

애타게 찾는 가족의 이름은 없고

운동화와 휴대폰만이 오지 않는 주인을 기다린다
하늘이 무너지고 애간장이 타들어가는 사이
또 하루가 지나며 희뿌연 연기와 잿더미가
역사를 정리하며 뒤엉킨 시신은
처참한 잔해만 남았고

식어지지 않는 그대들의 숨결과 사랑은
결빙된 우리들의 가슴을 녹인다

저 머나먼
꿈으로 가는 길이 아무것도 아니다

혼자 손 흔들며 강기슭에서 웃고 있는
내 기억의 한 송이 꽃
이별의 손 하나가 그리움을 흔든다.

하이얀 꽃잎으로

하늘엔 별
땅엔 꽃
우리들 마음엔 아름다운 시

꽃잎이 담긴 수많은 소망
별들에게 헤아려 달라고 기원하며
하이얀 꽃잎으로
그리움을 수놓으련다

사랑하는 당신 모습
영원히 지지 않는
생명의 꽃으로 승화시켜

그리고 영원히 녹슬지 않고
수정 같이 맑은
아름다운 언어로 마음에 지니고
가슴에 꽃을 달고 살자.

청아람 향기

봄 향기 따라
인생은 먼 길을 도는 것
하루 그리고 또 하루를 보내며
모르고 지나가는 행복

그대여
살다가 힘이 들고 허허로우면
청계천 다리로 오시구려

기쁨을 같이하고 싶은 당신
굽이굽이 흐르는 맑은 물이
하늘 인연처럼
그날이 오고
마음을 맑게 해줍니다

청아람 향기가……

올해 나의 소원은 무엇일까?

밝아오는 여명 속에
달려가 맞이했던 해맞이
잠시 평온함과 일 년을 시작하는 꿈을 그리고
실천을 다짐을 하자

사랑하는 안토니오(남편)
요셉과, 시몬(희민, 진석)
건강하고 모든 일이 잘 풀리고
근심 걱정 없는 병술년이 되었으면……

별의 고요와 맑음이 깃든
눈의 아름다움
영원히 가슴에 남겨둘 진실한 마음
꿈과 희망을 잃지 않는
늘 푸른 상록수 같은 의연함으로
나를 다스리고 경영하며

시인이란 영원으로
움직이는 언어의 사원이 되어
빛과 어둠의 사이가
환희로 젖어드는
시인의 주소가 되도록
노력하는 일이 소원입니다.

당신의 삶

구름 같이 지친
바람 같이 살아온 여정

다리 쉼 한 번 갖지 못하고
수고로이 잔잔히 흘러
얼굴엔 조각된 주름 가득
사이엔 작은 물살이네

누구를 향한 삶인가

세월을 산다는
긴 인고(忍苦)의 강가에
한 줄기 바람이며
두 팔에 안긴
아름다운 꽃이라며 품어주는
파란 하늘.

영원한 파도

누구를 향한 삶인가
모든 세상이 안개 속에 담겨
삶은 채워지고 가려진다

끝없는 그리움
파~아란 하늘
내일의 태양이 뜨기까지
마음을 편안히 갖자

산다는 것은
긴 인고(認故)의 강가에
한 줄기 바람이며
두 팔에 안긴 아름다운 꽃

세월은 잠시 바람으로
비껴 갈 수도 있지만
너는
내 가슴 속에 영원한 파도로 산다.

행복한 동행이고 싶다

삶이 아름다운가?
우리 부부는 어떤 유형일까?

늘 하얀 서리 베고 누운
겨울 들판처럼 허전하다

우린 수시 입으로 찌르고
간(肝) 아픈 상처를 서로에게 자주 준다
하지만 어쩌겠는가
이제는 보듬고 살아야지

인생은 자신을 닮은 얼굴이라는데
주어진 삶 속에서
미움을 밀물처럼 흘러 보내면
세월이 말해 준다지

힘겨운 인생의 무게로
마음이 지쳐 막막할 때
서로 위안 되는 그런 당신

서로 받은 사랑은 가슴에 담고
마음 편한 무욕의 집에서
행복한 동행이고 싶다.

황혼 여행

비가 내린다
설레는 마음 뒤로하고
걱정과 염려로 출발해야 한다

잠시 고개 숙여 모든 여행자들을
위하여 기도를 끝낸 다음
남편의 얼굴을 바라본다

가무잡잡한 얼굴엔 주름이 가득
한평생의 수고가 잔잔히 흐르고
젊음의 기백은 다 사라지고
버거운 삶의 무게에 지쳐 천진하게
내 어깨에 기대어 잠이 들었구려

이젠 그 짐을 내게 덜어주구려
그동안 당신 그늘 아래서 천방지축 살았는데
이젠 내가 당신을 챙겨야만
마음이 편안함은 무슨 까닭인가?

창가에 내리는 빗줄기를 바라보며
심하게 바람 부는 날들
내 삶에 부딪쳤던 일들을 생각한다

여보!
벌써 33년이 되었구려
많이도 다투고 살았는데
사는 게 다 그렇지 뭐

진정한 삶의 풍경은?

황혼의 고운 뜰에 오니 언제나 그 자리에
항상 나를 푸르게 지켜주는 소나무.

운명

여보!
당신과 난 한 배를 탄 운명 아닌가요
감추고 숨길 게 뭐고
자존심이 다 무엇이오

이젠 아프고 수술 받고
병원 신세는 이걸로
마지막으로 합시다

내 잔소리는
건강할 때 건강을 지키자고
내가 늙고 힘없으면
당신을 간호할 수가 없다오

그래도 당신 능력 있고 내가 힘이 있어
당신을 간호하니 빨리 완쾌나 하시오
우리 돈 없고 늙으면 자식 신세지고
눈물 흘리는 것보다는 낫지 않을까?

열 자식보다 악처가 낫다는 말 아시오
여보, 우리 사는 날 동안 서로를 감싸고
아름다운 꿈을 위하여 살아갑시다.

결실의 계절

가을입니다
맑게 올려다보이는 하늘은
더위로 힘들었던 여름과는
다른 푸르름으로
더욱 설레이게 합니다

아름다운 계절의 향이 짙어져 가고
들녘엔 풍작의 결실을 자랑이라도 하듯
누런 벼이삭의 알곡이
여물어 가고 있습니다

가을 빛 사랑을 듬뿍 담은
시를 함께 읊어 보고 싶은
결실의 계절입니다

우리들 가슴에
가을 들녘처럼 사랑의 온정이
넉넉히 전해지길 소망합니다.

하늘이 준 선물

눈에 넣어도 아프지 않은
나의 사랑하는 아들이란다

내겐
재산목록 1호인 장남 민아(요셉)
재산목록 2호인 막내 석아(시몬)

어느 날 인생의 전환점에서
너희들을 포기해야 된다는
못내 아쉬워 갈등하던 속

개성이 강한 엄마는
너희들을 향한 신뢰와 나를 향한 약속을
지키기 위해 심장의 고동 소리를 들으며
가슴 쓸어내리며 울기도 했었지

사랑하는 아들아
난 하늘이 주신 선물을 소홀히 하였구나

항상 어린애로만 알았는데
어느새 어른이 다 되었구나
그것도 견디기 힘든 이국 땅에서

정확하고 사려 깊게
또한 책임감 있게 모든 일을 처리해가는
너희들 모습……

어린 시절 사랑의 부족으로
마음 속에 품고 있던 타인에 대한
두려움과 상처를 고쳐주시고
선택한 모든 일에 지혜와, 용기, 능력을 주시도록
오늘 밤 나는 너희에게 기도하며
주님께 감사를 드린단다

사랑하는 아들아
고통의 세월을 견디면서
우정의 꽃을 피워
하나 둘씩 열매를 맺으렴

아버지와 엄마는
주님께 감사를 드린단다
밝은 앞날이 기다리고 있단다.

산호 혼식

여보!
가슴 설레든 밤이 34년 지났구려
행복의 진정한 의미를 모르면서
왜 그리 오해도 많고 외로웠는지
항상 말없이 침묵하고 있는 당신
속으로 많이 울기도 했구려

내 등에 짊어진 인생만큼의 짐이
이제야 느껴지는 것은
이제 살아갈 날보다 살아온 날이 많아지며
얼마나 소중한 것을 잊고
얼마나 많은 것을 잃어 버리고 살았는지

오늘 가슴이 아프고 코끝이 찡해지는 것은
내 그대에게 진정 성실한 아내였는가의 아쉬움과
살아온 날들의 후회가 많아서……

여보!
우린 늙어도 정은 아직 안 늙었지 않소
삶이 때론 낯설고 이상한 것이었지만
신은 목적을 갖고 당신을 내 곁에 있게 했나 보오

이제 세월의 꽃이 피고 지듯
당신과의 남은 황혼은 후회와, 연민과, 반성
먼 훗날 역시 난 행운여라고 말하며
사람의 향내가 물씬 풍기는 오랜 세월
이렇게 행복했다고
당신과 믿음의 숲 속에서 말하리라.

한해를 마무리하며……

을유년!
한해를 마무리하며
조용히 눈을 감고 한해를
되돌아보는 시간을 가져 봅니다

살아오면서 얻은 것은 무엇이고
잃은 것은 무엇인지
지나가 버린 어제와 오늘
일 년 동안 초라해진 나를 발견하더라도
무거운 삶의 짐을
저 파도에 흘려보내고
새로운 한해를 설계하고
꿈꾸어야 하는 시간입니다.

진실한 어법과 화려한 표현

—김문중 시인의 시 세계

성기조
(시인 · 국제펜클럽 한국본부 명예회장)

1.

김문중 시인이 두 번째 시집을 출간한다. 시낭송가로 이름을 얻고 전국을 누비며 청아한 목소리로 시를 낭송하던 그가 시에 미쳐 이제는 시인의 반열에 들어선 지도 꽤 오래되었다.

김문중 시인의 스승이신 황금찬 선생은 "그는 시단에 들어서기 전 시낭송가로 그 이름과 모습을 전국에 알렸고 아주 긴 세월 시와 같이 그 영토를 찾아 머리카락 날린 경력도 있다."고 말한다. 그러면서 "시의 길을 높게 그리고 넓게 찾아가는 시인이다. 길가에 떨어진 꽃잎 하나, 바람에 날리는 낙엽 하나, 작게는 인생을 이야기하고 크게는 전 우주의 숨결을 귀로 듣고 말하려 한다."고 소개하고 있다. 아주 적절하게 김문중 시인을 평가한 대목이다.

김 시인의 이러한 평가는 작품보다 김 시인 자신의 인간을 말한 것이지만 겉볼안이라고 황금찬 선생의 말씀이 지당하다는 생각이다.

그는 2003년 늦가을에 『우리 모두 별이 되고 싶은』이란 시집을 낸 바 있다. 나는 그때, 그의 시집을 받고 읽은 뒤, 책 뒤에 붙은 성춘복 시인의 글에 주목했다. "특별한 의미가 부여되지 않는 데도 불구하고 의미를 만들어내는, 말하자면 그리 큰 뜻이 될 성싶지 않은 작은 것에서 오히려 참을 발굴해내는 숨은 능력이 있다."고 말한 것은 김문중 시인을 아주 확실하게 평가했다고 본다.

2.

김문중 시인을 확실하게 점유하고 있는 언어는 사랑이란 낱말이다. 사랑은 누구나 많이 쓰는 말이지만 사람에 따라 그 뜻이 여러 가지로 갈린다.

목사님이 쓰는 사랑이란 낱말과 일반인들이 쓰는 사랑이란 낱말은 그 뜻이 조금씩은 다르다. 목사님의 경우에는 크고 넓은 종교적인 사랑인가 하면 일반인들이 쓰는 사랑이란 말은 사람과 사람 사이의 끈끈한 정, 애틋한 정을 뜻한다. 이성을 그리워하는 마음이나 관계를 나타낼 뿐이다. 사람을 중히 여기어 정성과 힘을 다하는 마음은 빠져 있다.

낱말이 놓이는 자리에 따라 뜻이 조금씩 차이가 있는 것은 시인만이 발견하는 민감한 기술이다. 이 일에 김문중 시인은 다른 시인보다 뛰어나다. 그러나 김문중 시인이 추구하는 사랑의 등식(等式)은 상대적이든 그렇지 않든 간에 서로 주고받는 그리움을 바탕에 두고 있다.

못 견디게 그리워하는 게 사랑이다. 그리고 사랑이 시작되면 자신의 모든 것을 내놓고 희생까지도 감수해야 한다. 때문에 사랑은 용감해지고, 사랑은 겁이 없어진다. 때에 따라서는 자신의 모든 것을 전부 내놓고 알몸이 되기도 하지만 부끄러움을 모른다.

아!
사랑아
고운 음악 물 위에 떠
그리움 지쳐 붉게 물든 이 마음
저 환상의 날개 위로
생명은 찬연히 떠오르고
그대의 숨겨진 미소
아침 햇살처럼 빛난다
_〈사랑아〉의 첫머리 부분

얼마나 열정적인가? 사랑을 노래하는 모습은 금방 불이 될 것 같다. 눈에서 쏟아지는 불길, 펄펄 끓는 물처럼 말하는 입에서 느껴지는 뜨거운 열정, 이 시의 주제를 제공한 상대방은 금방 불길에 휩싸이거나, 아니면 뜨거운 물을 뒤집어쓴 듯, 못 견뎌 할 것이다.

그런 사랑이 음악처럼 찬란하게 물 위에 떠 있고 생명은 환상의 날개를 단 것처럼 하늘을 둥둥 날아다닐 수 있다면 사랑하는 당신, 당신의 미소는 아침 햇살처럼 빛난다는 김문중의 열정적인 고백은 만약 그가 누구였던지 가슴 속에 불길이 솟아나지 않고는 배길 수 없다.

'아!/사랑아/청초한 사랑의 언어/바람과 은밀한 약속을 나누며/마음에 하늘을 담고/해 뜨는 소망을 품으면서/언제나 사랑 넘치는/행복한 동행이고 싶다' 고 말하는 절실한 사랑의 언어가 모든 독자들에게 전달되는 날, 우리들은 촉촉한 사랑의 단비를 맞을 것이다.

> 늦은 밤 맑은 영혼 꿈꾸는 별은
> 얼룩진 삶의 잔재들을 흐르는 땀방울로
> 헹구어내며 산을 오르라 한다
>
> 어둠의 흔적으로 뒤척이는 밤
> 은하수에 수많은 사연 별빛으로 흐르고
> 잔잔한 햇살에 물결이 부서지듯
> 작은 일에도 고개 끄덕이며
> 웃는 당신일 순 없을까?
> _〈세상사〉의 일부분

세상을 살아가는 이치는 단순하지 않다. 복잡하기 때문에 모두 살기 어렵다지만 김문중은 이런 특별한 의미가 없는 주제(世上事)를 가지고도 훌륭하게 시로 엮어내는 재주가 있다. 세상 살아가는 일은 누구나 겪어낸다. 고통스럽기도 하고 때로는 행복하게 느껴지기도 하겠지만 누구나 겪는 평범한 일상(日常)이다.

고독한 산과 희망의 하늘, 그 하늘을 겸손하게 우러러보는 산은 이 세상 어디에도 있다. 아무 의미가 없을 것 같은 풍광인데도 알찬 시로 바꾸었다. 산은 '얼룩진 삶의 잔재들을 흐르는 땀방울로/헹구어내며 산을 오르는' 인간이 있기 때문에 고독하지 않다.

'어둠의 흔적으로 뒤척이는 밤'이란 구절에는 해석할 수 없는 수많은 뜻이 들어앉았다. 어둠의 흔적은 바로 지금까지 살아온 고통일 수 있다. 그것을 세상에 모두 밝힐 수 없기 때문에 '어둠의 흔적' 이라고 말했는지 모르지만 이 부분은 김문중의 일생을 통해 겪어낸 고생스런 부분임은 분명하다.

그것들을 은하수에 흘려보내고 작은 일에도, 햇살에 물결이 부서지듯 고개 끄덕이며 환하게 웃는 당신은 누구인가?

여기에서 등장한 당신은 산일까. 아니면 김문중의 마음 속에 묻어둔 동반자일까? 생각해 보면서 '아직도 풀지 못한 속마음' 을 알아본다고 말한다.

사랑은 이렇게 묘하다. 그래서 김문중은 첫 시집에 있는 저자의 말에서 '시는 내게 있어 사랑과도 같은 것, 그 위에 이루어지는 정신적 가치, 영원의 꽃이며 꺼지지 않는 등불' 이라고 말한다.

3.

시인에게서 세월처럼 잔인한 것은 없다. 시인뿐 아니라 인간에게는 세월이 가장 무서운 존재가 된다. 세월은 시인이 쌓아놓은 업적을 철저하게 무시하고 파괴한다. 그리고 모든 사람에게 잊기를 강조한다. 특정한 역사의 몇 토막만 남기고 모든 행적(行蹟)을 잊게 하는 세월이 인간은 가장 무섭다.

아쉬움만 맴도는 곳에서
꺼내 보고 기대면서 살려 했는데
그저 바람처럼 흘러가 버렸네
_〈세월〉의 끝부분

삶을 살아내려면 앞만 보고 치달을 수밖에 없다. 뒤를 돌아보고 살려고 생각한다면 처지고 퇴보한다. 그렇게 정신없이 치달으며 살고 보니 빛인가? 어둠인가도 구별 못했다는 김문중은 참으로 바쁘게 사는 사람이다.

　덧없는 세월이라고밖에 말할 수 없는 시간을 살다 보면 행복한 것인지 불행한 것인지조차도 모른다. 그저 쫓겨 사는 게 인생처럼 느끼면서 세월을 오래 기억해 보려고 애쓰는 이는 김문중뿐만 아니다. 모든 시인들, 특히 예술적 상상력에 민감한 사람들은 누구나 느껴지는 일이지만 유독 김문중에게는 가슴 깊이 남는 무거운 아픔이다.

　물안개 젖은 목장들은
　청량한 산바람으로 채우고
　선사로부터 숨어든 운명의 신들처럼
　눈부신 아침은 황홀하다

　산마루에 타오르는 저 태양
　외로운 산야에 광선이 되어
　온 세상을 물들이며 꿈을 꾼다
　_〈신의 섭리〉 일부분

　세상을 만드시고 우주의 변화를 주재하는 게 하느님의 뜻이고, 하느님이 하는 일이다. 그 뜻을 거역하거나 받들지 않을 수 없기 때문에 섭리(攝理)요, 높은 이치가 될 수밖에 없다. 이 시는 김문중이 미국을 여행하면서 쓴 것이지만 새로운 경치, 새로운 풍광을 보면서 하느님의 깊고 오묘한 뜻을 생각해 보는 것은 당연하다. 처음 보는 천지는 새로운 의지를 다지게 만든다.

아침 태양이 얼굴을 내미는 눈부신 광경은 하늘과 땅을 창조하는 첫날처럼 장엄하고 위대하다. 산마루에 떠오른 태양, 태양이 내뿜는 빛깔인 햇볕은 이 세상을 환하게 밝힌다. 희망이다. 그리고 우리 모두가 가슴 뿌듯하게 느껴야 할 사건이다.

하느님과 함께 사는 삶은 안전하고, 아름다우며 축복을 맛보게 한다. 그러니 '햇덩어리는 뜨겁게 타오르고/난 그 속으로 들어가고 있다' 고 말한다. 햇볕이 없는 세상은 암흑이고 혼돈뿐이란 김문중의 의식은 세상에 태어난 것을 감사하게 생각하고 있다.

푸른 하늘 바라볼 때
그 눈부신 감동의 표현
비 온 뒤 빛 속의
나무들이 들려주는 사랑 이야기와
그 깨끗한 목소리
맑고 순수하고
고결한 정신의 스승님
_〈후백의 빛〉의 일부분

후백은 황금찬 시인의 호다. 황 시인은 김문중 시인의 스승이다. 그에게서 시 공부를 한 것을 잊지 않고 가슴 깊이 새기고 있다. 신의 섭리와 자연의 변화를 저항 없이 받아들이는 김문중은 스승에 대한 도리도 소중하게 간직한다.

지금 같이 어지러운 세태에서는 보기 드문 청신한 분위기요 본받을만한 일이 아닐 수 없다. 스승을 기리고 그 뜻을 오래 전하려는 마음이 있기에 사제간(師弟間)이다.

4.

　김문중의 시작법(詩作法)은 평범 속에서 의미를 발굴하고 그 속에서 참된 이치를 깨달으며 주체하지 못할 다정다감(多情多感)을 서로 얽어 한 송이 꽃처럼 형상화하려는 오력의 결정이다. 때문에 김문중의 언어는 진실할 수밖에 없다. 진실을 드러내는 어법(語法)으로 시를 써내는 김문중의 시세계는 그의 삶만큼 다양하고 표현수법은 화려하다.